野の戦い、
海の思い

水島英己

思潮社

水島英己詩集

装幀・装画＝高専寺 赫

野の戦い、海の思い　2013-2019

a interior

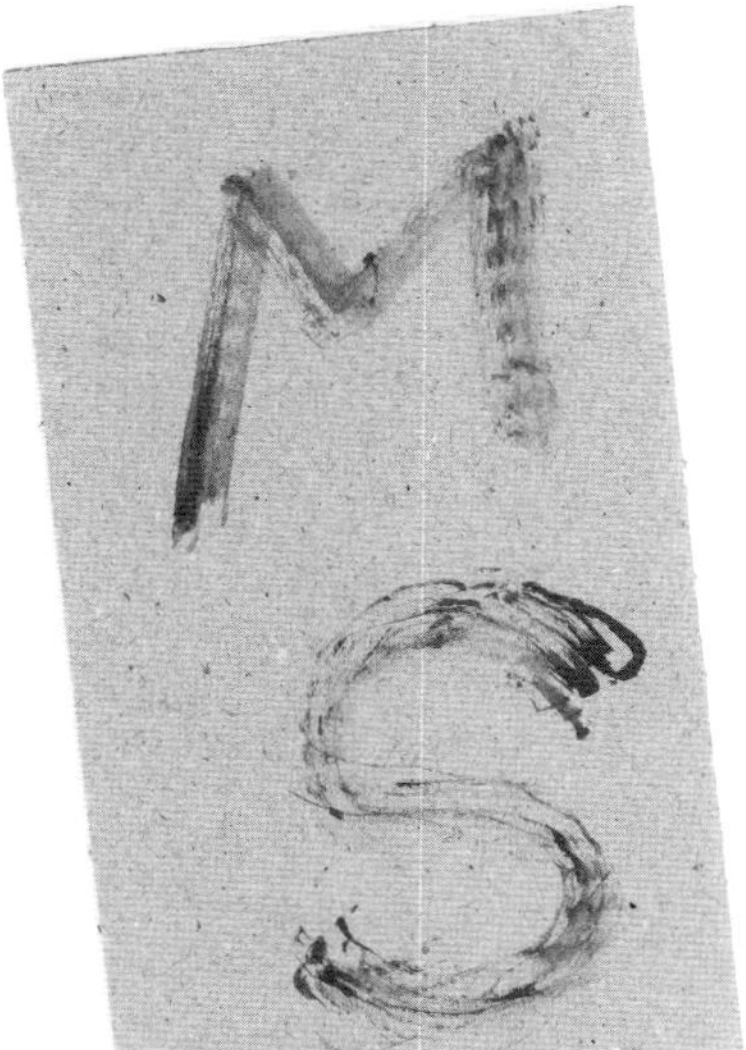

豆が花

「早朝《すとむて》ぬ、豆《まみ》が花《ばな》よ　明《あ》き時《しゃる》ぬ、露が花よ」
だれかが歌っている
柔らかな黄色い小さな花が
朝の光に輝いている
朝の露に濡れている
痩せた赤土を吹きわたる風
土地の英雄たちの叙事詩が
可憐な黄の豆の花の讃歌になる
多くの歌声が
歌声を孕んだゆたかな沈黙が
波音とともに繰り返された

いつまでも
繰り返されるはずだった

母たちの子宮が、甘い水と夢を恵む洞穴《がま》が、
人々が、村が破壊された
火と鉄の攻撃
遠くから派遣された大きな声の人形たちが
まず逃げた、恐怖の沈黙を強いて、
多くの村人が死んだ

「早朝《すとむて》ぬ、豆《まみ》が花《ばな》よ　明《あ》き時《しゃる》ぬ、露が花よ」
だれかが歌っている
可憐な豆の花が揺れる、おまえは
遠すぎて聞こえないというのか?
多くのことを学んだはずだ
失われてはならないものが失われた
そして恐怖が繰り返される、紺碧の海を引き裂く轟音

恐怖だけが、その轟音が
遠すぎて聞こえないというのか？　おまえは
いや違う
おまえは聞こうとしない
歌うことのない花がぼくらの間に咲いているからだ
無関心という花

饒舌で、妬み多い、憎しみを種として咲く花
大きな声で威嚇する人形たちの花に抗して
いつまでも、その
黄色い、柔らかな、小さい豆の花は
歌うことができるというのか

旧盆の辺野古

沖縄では家がまだ生きていた
旧盆の三日間
ウンケーで祖霊を迎え、ナカヌヒーは親戚まわりをし
最後のウークイで送る
タビに散らばった一族郎党がすべて集合するのだ
エイサーの勇壮な練り歩きもこの時だけは
観光の装いを脱ぎすて、祖霊たちへの祈りと
生きているすべてのものへの励ましのように聞こえる

ナカヌヒーは雨だった
辺野古まで那覇から二時間半、路線バスに揺られた

暗く、美しい海
旧盆のせいか、いや政権との休戦期間だったからだろうか
バス停から海辺のテントまで誰にも会わなかった
テントの中には三、四名の人がいた
やはり旧盆で人数が少ないことを言う
あそこから、大浦湾のあそこまで、見えるでしょう、あの赤い
建物のあたりまでと指さし、そして、
こういうふうにと地図を見せ、政府は埋めようとしているのです
おだやかに語る人は学者のようだった
聞いていて、なぜか身体がふるえてくる

キャンプ・シュワブのゲート前
林立したテントの中に人の気配はなく
ゲートを警護している警官も数少なかった
「休戦」なのだ
大浦湾のすべてが見えるところで車を下りる
ここを埋め立てて、基地を造ろうとしているのだ、と

自分で自分に言ってみる、全く信じられない
生物多様性の生きている博物館とも言うべき
世界でも珍しい海を

祖霊たち、祖霊たちを祭る人々、それらを囲む豊かな自然
そしてその首をおさえる政治というもの、その政治をおさえる
国という幻想、身体がふるえてくる

平敷屋のエイサーは見ものという
すべてを祓ってくれ、巡りくる新しい九月のために
その素朴で、古い静かな踊りと歌の真の力で

行方不明者

揺れる
ユウナの花
私はここで何をしているのか
石川為丸「島惑い」より

ぼくを埋めてよ
湿った水着、柔らかい腹、小さな足首に
砂をかけていく
身をよじるたびに砂粒が転がり落ちる
もっとかけて、すっかり埋めてよ
朝に拾った人骨は珊瑚の枝のように海になじんでいた。

六月の朝、八月の朝
朝凪と夕凪の海に美しい船を浮かべ
け、やれ、け、と声も勇ましく櫓棹を漕ぐ
七十年前、

百三十六年前、その二百七十年前、
朝凪、夕凪の島々を北から
サムライが鉄砲で恫喝し、侵略し制圧する
（一六〇九年四月一日薩摩軍那覇港着・首里城占拠）
その子孫の
こころ貧しい野心家たちが次にはコトバを奪い去って
琉球を「処分」し、ニホンゴを与えた、「登高必自卑」*などと
自ら題した初代県令の傲岸ニホンゴ教科書とともに
次には
その貧しい野心家たちの子孫の無謀な戦争に駆り出され
空も地も地下も
今のトモダチの圧倒的な武力で破壊された
それから七十年後の現在、六月の朝、戦死者の眠る摩文仁の丘
知念君の透明な声が問いかける
「みるく世がやゆら」、今は平和な世なのか、と。

遠くオーストラリアから飛来するアジサシ

「沖縄のアジサシたちを見守って下さい」
環境省のＨＰは訴える
「繁殖中のアジサシは、空を飛んでいる物体に対して
特に敏感に反応します。集団繁殖地から見えるところで
スポーツカイトやパラセーリングをおこなわない
ようにしましょう」
朝凪・夕凪の海でアジサシたちが卵を抱く
それでも
醜い「物体」はかまわずに空を飛んでいる
戦争産卵基地に抱かれる醜い「物体」たち
操るのは相も変わらぬ日本のサムライと野心家の末裔たち
すべての生物の思いを無視する
すべての生物のための豊かな営巣地を消滅させる
海を消そうとするのか。

埋めてよ
もっと砂をかけて、すっかり埋めてよ

顔にも砂を積み上げてよ、大丈夫、息できるよ
ユウナの花の揺れる
朝凪、夕凪の浜辺
みるく世がやゆら?
そうだよ、今度こそ
ほら、見つけたよ
行方不明者さん、ここに埋まっていたのだね
小さな子がささやく
辺野古の子が笑う。

＊初代県令、鍋島直彬は琉球「処分」の翌年に日本語と沖縄語の対訳の、初の日本語教科書『沖縄對話』を沖縄県学務課から編集・発行させた。その序に「登高必自卑」と『中庸』の一句を自書して与えた。「高きに登るは必ず卑《ひく》きよりす」と読み、沖縄語の卑い段階よりはじめて日本語の高い山に登る、というような意味をこめたのだろう。

沖縄

碧海にコンクリートを流し込み儒艮の墓を建てる辺野古に

國吉伶奈

青サンゴや、ユビエダハマサンゴの森
リーフの造物主たちの息の根を止め
人々を分断し、悲嘆させるだけの愚劣で野蛮な埋め立て
珊瑚に抱かれ、優雅に泳ぐスズメダイ、海亀やジュゴンの往来した
辺野古の海は死滅の危機に瀕している
先の戦争の惨害を乗り越え、今まで生きてきたのは
子や孫たち、そして未来に生まれる者たちに
あの地獄絵図を再び体験させたくないから
その思いを踏みにじる醜い国の醜い政権の暴挙に対峙して座り込む
囲われ、埋め立てられる海の自由を取りもどすのだ
何度も海中に突き落とされるが

カヌーを立て直し、力をこめて漕ぎ出す
遥かな「おもろ」から続く海の思《ウム》いを
皺を刻んだ顔と強靱な腕の、蜂起する人が歌うのだ
基地の島の数々の不条理
昔も今も変わらない、日本人の
圧制者たちの厚顔無恥
暴くのは武器ではない
余りにも多くの戦死者たちの無念が暴くのだ
魂の飢餓感として、いまだ浮遊し続け
凝固して「命《ヌチ》どぅ宝」という不滅の言葉になる
その思《ウム》いに応え
明けもどろの花となって
太陽《ティダ》が燃え立つ
その場所を
沖縄と呼ぶ

肖像

撫でると痩せた肩の奥に熱が生まれた
左頬が腫れている
絶えず痛みにさらされるので
今朝は、少しいいと言ってみたい
痩せた肩の奥に丸みを帯びた肩があって
遠い目で今を眺めている
誘っている濃い眉
焼けつく砂丘
押しつけられている裸の肩が息づいて
男と迎える年月を夢見ていた
背筋を伸ばし、ベッドに腰かける

引き伸ばされた首
色彩が足りない
痛みの輪郭線で切り分けられた「私」が
空に浮かんでいる
少し傾いた頭部
引き伸ばされた首
アーモンドの形をした目
まだ何かを見ていたいのかと
瞳に問いかける
「髪をほどいて横たわる裸婦」の時代
熱を帯びた曲線の自画像から
老いた夫
嘆く子どもたちの絵へ……
今朝は
緑葉の茂るしなやかな枝で
覆い隠す
歓びと分かちがたい

痛みの
すべてを

休息

痛みの向こうには何があるのか
生がこれほどまでに破壊されるとは。
母は母なるものを失いつつ
剝き出しの姿で戦っている
侵されるもののすべてを支配しようとして
荒れ狂っている侵すもの
あしひきの
病の王者に
自分でさえ見たことのない自分に変わろうとしているものに。
妹が、二人の妹が
母の、二人の娘が、太刀打ちできない。その全身の力は

何処から出てきて、何処へ行くのか
垂乳根の母は、もうこらえきれない
今朝は、さめざめと泣いた
変貌の意味がわからないのだ。
壁に掛けられた四名の子どもたちと若い女の写真、
五人は道の真ん中で、陽射しに向かって歩いているようだ
見えない、もう一人の若い男に見つめられ、見つめ返し
歩いてきた。
どうして、こんな姿にならなければならないのか
未明には朦朧として
だれかを打ち据えたようだ、この手が痛む
歯肉が腐るのは何を食べたからなのか。

目覚めている時間が次第に少なくなり、
ベッドにうつ伏せになって寝ている。
普段もうつ伏せになって寝ていたのだろうか。
「伏せしまま空に腕あげグー握りがんばるんだぞと我に告げにき」

弟が作った短歌だ。
兄は、母のことを詩に書こうとしてまとまらない、
……まとまらないと書いている自分が恥ずかしくなる。

夏の旅

横たわる母
母の冷たい足を手でさする
足指の長さが僕とそっくりだと
二人で右足を出して
比べてみたことがある
二人とも薬指が極端に短い
さすっていると涙が
こみあげてくる
納棺前の儀式
ふるえながら
母の足に足袋を履かせようとする

履かせた

ぐずる僕の手を若い母が引いて
走ったことがある
父の乗っている船だよと
沖合に灯る船の明かりを指さし
未明の岬の道を
僕を叱咤しながら
走ったことがある
のろのろしていたら
父ちゃんの船は行っちゃうよ
わずかな寄港の時間に間に合わない
小学生になる前の僕の手を引っ張って
走ったのだ
赤ん坊の妹を背負いながら

投げ出された足の

かすかなぬくもりは何を伝えようと
まだこの手に残っているのか
老いた夫を置き去りにするのが
無念だと呟いた人
彼岸へと走り急ぐ理由など何もないのに

癌に乗っ取られた肉体を
そのまま、さびしく抱きしめて
棺の舟で、あわただしく旅立った母
今度は僕が走る

秘密

それは
やわらかい生に
亀裂を入れた

覆い隠そうとするものを
見えない痛みで振り払った

渾身の力で起ち上がり
ふらつきながら踊った

「笑ったようだった。すべて

分かっていた。こうなることが……」

残されたページの
どこまで生きれば
伏線は明かされるのだろうか

中断された読書
栗だけを食べ続けた少女の口の謎

あなたは
「折りたたまれ、揺れる光のカーテン*」
の、襞の奥に帰還した

孫たち、曾孫たちの
夏の絵日記に落ちた入道雲の涙

そこから息子である自分というものが産まれた

身近な秘密が喪われたのだ
正解なのか、それは
明るい秋空の下、母を呼ぶ声がひびく

＊イギリスの探検家、ロバート・スコットの日記にあるオーロラの描写。

空と園

雨が上がった後の青い冬空に見とれていた。
色でなければ表せないもの。
ことばにならないものを何とかしてことばにするのが詩だとすると
なんと迂遠なことだろう、
寒空に描かれた淡い青の、これ以上はない単純なことばに比べて。

つかまえられるものならつかまえてごらん！
空のどこかで名前のないだれかがささやく。
だれ？
すぐに雨になる暗い雲の下の
青色の声。

まだことばを知らない小さな園が
その黒い大きな瞳でおまえを見つめる。
青い空から届けられたばかりの新鮮な生命が
なぜ？　と問いかけているよう。

忘れてしまった問いが
小さな園、おまえの黒い瞳の中から
すばしこい雀たちのように飛び出してくる。
あなたはだれ？
なぜここにいるの？

園と同じと思う、この地球に生まれて一カ月たった赤ん坊だ。
若い父、母がいる。
その後ろに祖父母たちがいる。
不思議だ、その祖父母の位置におまえが立っているなんて。
時間はすべてを創り、すべてを奪う。小さな園の瞳に映る今！

つかまえられるものならつかまえてごらん！
今度ははっきりと人間の声が聞こえてくる。
園の声、
美しく成人した小さな園の声。
よし、追いかけていく、近づいていく、……

不思議だ、おまえは、ふわふわした柔らかなものに包まれている。
小さなものになって、横たわっている。園が泣いている。
みんなが見下ろしている。
つかまえられるものならつかまえてごらん！　と、おまえはささやくが、
ことばにはならないのだ。
園の涙の粒が雨のようにおまえの渇いた皮膚を潤す。
（なぜ泣いているのだろう？）

模様

紅型って、紅が色の総称で、
型は模様のことだって言うね。
鮮やかな藍色でも紅、
型はそれこそ竜や鳳凰、
デイゴやハイビスカス
様々なモチーフがあって飽きない。
生地の黄、あれは福木で染めたのだ
好きな色は黄色、その
理由がわからなかったが、
紅型の黄色とつながり、福木の
樹皮とつながっていたのだ。

「紫のにほへる妹」ってあるが、どんな色だろうか。万葉の
紫のにほへる妹を憎くあらば人妻ゆゑに我恋ひめやも
紫草能　尓保敝類妹乎　尓苦久有者　人嬬故尓　吾戀目八方
原文の仮名に「紫草」ってあるのがヒント、
そうだろう？　紫草の白い小さな花
小さな女の子の声が聞こえない？
雀の子を追いかけ、おばあちゃんに叱られている子。
「わたしをつかまえて、
その模様のなかに永遠に閉じ込めてよ！」
巨大な物語の、紫の根。シコン、シコニン*
散乱する光を集め、色が生まれる場所
「うつくしき」もの、
「らうたき」ものの面影。
あるいは
清らかな一枚の芭蕉布の物語を紡ぐ
気の遠くなるような労働。
祖母の織る大島紬。

旅の果ての
筬の音
このまま眠りたくなるような音の模様。

＊シコニン（Shikonin）：色素シコニンの名は、紫根《しこん》の音をとったもの。日本初の女性理学博士、黒田チカ（お茶の水大教授）が大正七年に成分構造の解明に成功し、命名した、という。

b exterior

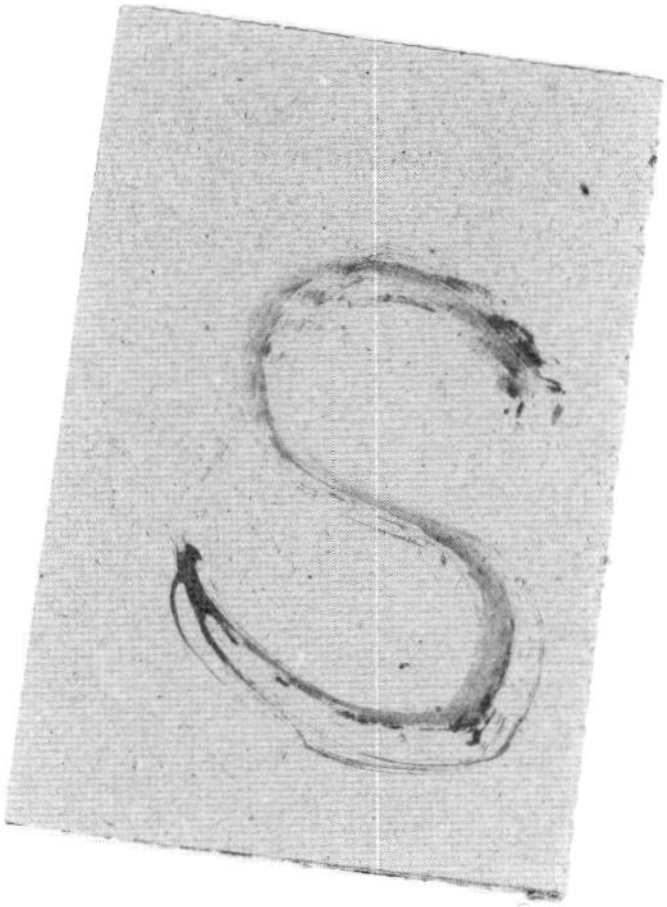

午後

A Late Quartet（二〇一二年）という映画。引退を決意しているチェリストのピーターは、教えている大学の授業で、ベートーヴェン晩年の長大な四重奏曲（No.14 in C sharp minor, Op.131）をT・S・エリオットが最も好んだ曲だと紹介する。その「晩年」の四重奏曲に、ピーター自身を含めた四名のメンバー相互の調和と波乱の長年の人生をもLate（後期、晩年）とくくったのだ。エリオットの「四つの四重奏」も彼の後期の詩である。この映画では二〇一四年二月に薬物の過剰摂取で死去か、と報ぜられた名優フィリップ・シーモア・ホフマンが第二バイオリン奏者ロバート役で熱演している。享年四十六。早すぎる晩年だ。

「上り道も下り道も同じ一つのものだ」とヘラクレイトスは言うが、
上りでも下りでもない道もあったはずだ。
離れ、はずれ、夜の底に息づいている
闇を抱きながら燃えている道。
焼け跡に浮かび上がる欅のみどり。

「あり得たかもしれない」道を靴の底に踏みつけてというのか、
「ここまで来た、こうなってきた」

人気のない昼下がりの公園のベンチに
ただ佇んでいる耳。

誘うように響くカタストロフィの音。
冷たい左半身を音楽は血のように巡り、初めも終わりもない世界の
現在を全力で休みなく引っ掻く。
午後は破綻のためにこそある、あるいは晩年という傷を癒そうとして、
それぞれの弦は鳴りやまないのか。

「幸福は魂を優れたものにすることによって得られる」
「ソクラテス」の授業ノートに書かれた言葉は、誰のための
箴言だったのか。

「幸福」から離れ、ずれていた
優れる必要があったのか、魂はそのままで美しかったのに
求めさせられ、捨てられた、すみれ色のような子よ、
優れた魂に、あなたの魂はなりましたか。すみれ色のような人よ、

「幸福」は得られましたか。

もう授業も哲学もない、
過去も未来もない、
わたしの午後があるだけ。
それを引っ掻く弦の音
その不協和にわたしはたえるだろう、あるいは
わたしを捨てて
カタストロフィの音はいつまでも鳴り響くだろう。

徒然草

すべてのことは、その初めと終わりこそがおもしろいのだ、と
それ以外は、もう耐えるしかない、
絶頂は
いつまでも維持できるわけはないから
いかに、それから身を離すかが課題になるということなのだ
しかし、初めさえもう定かではない
すべてのことの前戯？
そう思うのは終わりすらも遠く離れた場所から
見ているからなのか
言葉、それがすべてのはじまりで終わりなのかもしれない
たとえば

藍の中に閉じ込められた蜜や塩
たえず変化する色模様
その物語
芽生えと枯死こそ
古い甕から汲み出すようにして
をかしけれ、あはれなれ、と

人を語り、人に語られる日々
あの娘は空海の教えを守る小さな大学の先生となって
ハンセン病に苦しんだ老いた人たちの
生の聞き書きに従事している
ながい、ながい間
はるか、はるかな隔たりに黙殺された初めと終わり
その思いを
開花させようとして

まだ開かない多くの説話、初めも終わりも定かでない説話

つぼみのままの
桜の老樹
おまえは
空から降ってきたのか、この土から湧いたのだろうか
つれづれなるままに

花火

太郎にまねぶ

どうだ、調子は？
ん、何かにとり憑かれたようで自分が自分ではない感じ。
都の果てで幾たび月の満ち欠けに出会ったことか、
名残の日々を
つきない鬱で過ごしたくはないけれど。
たくさんだ、彼女の窮鬼《いきすだま》に襲われたなんて、
遥か昔、今から二百四十年前の女がまだ生きているなんて、
名前は、なんて言った？　磯良《いそら》？
備中の神社の一人娘で、君が棄てた女、
だったら、二十四年前のN海岸での出来事だったのではないか？

美しい、誰が見てもそうなのに、ひたすら自分を醜いと思い込んでいた女の
霊魂
死は生にとって醜いのか、それとも美しかったのか。
いい夜だ……、火の
涙に濡れている。

鏡

「うらわかみ寝よげに見ゆる
若草を」、美しい嵯峨本のくずし字が
森の中に横たわる
あなたの姿態に似ている

森の中をあなたが白いドレスでさまよう
夏から秋へと、季節は傾いて
だれが、強いたのでもない演技
あなたの手と草が結ばれる

うずくまる心を

映す心
暗く澄んだ冬空
何処まで？
さまよう人が応える
まだ、まだ、あなたに逢うまで

＊「うらわかみ寝よげに見ゆる若草を人のむすばむことをしぞ思ふ」（伊勢物語第四十九段）

鉛筆は悲しけれ

書かれたものだけが、あれこれ言われ
指の股にひそかに生きているのに
味悪いといっては刀で削られ
小さく、小さくされ
遺棄される
鉛筆は悲しけれ
もうだれも顧みない
木の匂い
四月の教室
机の上に置かれた筆箱
緊張と期待の小さな手が触る

一本、二本、三本

なぞなぞ
胡蝶《こてふ》、こを捨てかへりてすまぬ
答え、「ふで」
書く道具をほめた書かれたものはあるか
おまえが舐めた芯の味
鉛の筆が与える苦い刑罰だけが
かれへ寄せる頌歌

だが
鉛筆の先祖たち——書く「ふで」がなければ
おまえと蝶の見る夢を
だれが記憶し、ここまで伝えることができただろうか
そして「ふだ」の堆積

白紙の上に置かれた

一本の鉛筆
これ以上似つかわしいものはないはずなのに
じっと見つめていると
今、ここにあることの意味をはかりかねて
悩んでいる人のようだ

愛里のために

一軒しかないコンビニの向こう
畑の中を牛が牧舎へとひかれていくのが見える
朝には夜行性のハリネズミの死体が
一つだけの幹線道路に
散乱している
キュートでスパイキーな小動物
その棘が隠したのは
絶えることのない青あざ、生傷
そして
柔らかい雨を感じること
記憶を育み

物語を生むこと
うずくまって
ただ丸まって
むしろ己へ向けて
小さな棘を立てるしかない
轢き殺される運命の
キュートでスパイキーな小動物
幹線道路の、その更なる奥に
運ばれ、隔離され
うち捨てられる小動物
その傷は？
訊ねる者には
「家でドーベルマンにかまれた」と
答える
愛されるためには
嘘を言うしかないが
それは、本当は、ほんとうの

ほんとうでもある
生まれた里の名であり、おまえの名でもある
愛
物語はそこで深く咬まれ、うち棄てられる
朝露に濡れて光る棘
他のだれでもない
おまえに刺され、傷つくのだ

ある写真家の死

ジョー・オダネルのために

「鳥がいない」
「風も吹いていない」
「ここがかつて町であったことを信じさせる形跡はなにもない」
大きな頭部がここまで飛ばされて、一面の廃墟を見ている
八月のものいわぬ陽射しに焼かれ
あえぎながらさまようだけだ
クスノキの樹液がかたまり
ちぎれた旗がうなだれている
「少年」と名づけた馬に乗り
私は廃墟の底から樹木のない禿山までさまよう

巨大な男たちが三名で世界について話し合っている
私は海兵隊の作戦で太平洋のどこかの島に滞在していたことになっている
しかしテヘランで男たちの写真を撮影したことは本当だ
悩める顔や策略で膨らんだ腹、冷静さを装った大きな眉
小便の途中で
彼らのうちの一人は、ヘル！ イエス！ と自らの不安を肯定してみせた
殺されることになる大統領はヨットの上で
ハリウッドのスターのように笑っていた
その三歳の息子は父親の棺に向かって愛らしく敬礼した

私はすべてを撮影した
首の垂れた死んだ弟を背負いながら焼き場のまえで
直立不動の姿勢で佇立している
もう一人の少年
私のネガにはすべてが写っているはずだ、真実が悲惨さに凍りついたままに
八月の九日に私を呼ぶ「少年」と名づけた馬の声が聞こえる
あの懐かしい廃墟、あの爆風で飛ばされた浦上の聖人の頭部

それらと再び出会うために
私は死ななければならない

巨大な男たち、卑小な男たちが
私をあざ笑うが
私が彼らを歴史のフィルムに写したのであり
彼らが私を写したのではない

＊オダネルはテヘラン会談の現場にはいなかった、またケネディ・ジュニアの敬礼の写真は別人の撮影。晩年のオダネルは認知症にかかっていて、そのせいで他人の写真でも自分のクレジットを主張することがあった（これは息子の「Tyge の弁という）、以上は英語版のウィキペディアにあるが、真偽のほどは定かでない。

薔薇のつぼみ

譬える
まなざしを
眼鏡が消す
隙間に
生まれた
新緑のそよぎ
の中のつぼみ
赤棟蛇が
菜種の中を輝いて通る
慄然としたろうね
曲がり角の青大将は見逃しましたが

今日は蛇尽くしで
ふと観音経
若悪獣圍繞　利牙爪可怖　念彼観音力　疾走無邊方
蚖蛇及蝮蠍　気毒煙火燃　念彼観音力　尋聲自回去
払われた霊地に
雲雀あがり
情悲し
も
視力測定の
ランドルト環（こんな名があるんだね）は
首のない蛇
切れ目に消えた視力と泣いている美女の行方
どうにか零点九まで追えるかな
それで十分です
遠眼鏡で
富士の山を見る
海は明るく、谷は煙って

しんとして寂しい、心細い
のどかで、うららかで、それでいて、さびしい
どうしても矯正できない
春昼の情が
あなたにも芽生えたようだね

＊泉鏡花の「春昼」「春昼後刻」の読後感を元にしている。

ソウルの空

朝の美しい光が
ガラス窓を透過し
乱雑に置かれた本を照らし
薄暗い机上に
浮かび上がる文字。
空は
明るさを保ちながら
翳り始める。
西側は明るいのに南が
雲で覆われ出した。
背後には、輝き出すのを待っている

強い陽の存在。
空一帯は
薄曇りと青を保ったまま
広がっている。

ソウルの空は雲一つなかった。
二〇一八年、十月十二日、午前九時半
光化門は王宮の窓である。
窓が開くと、朝鮮王朝の歴史も開く。
翳りのないソウルの空、空の下を
日本人である私が歩く。

明洞
窓のない狭いカフェ。
胃痛をこらえながら
身体じゅうにタトゥーを刻むように
躓くことの意味を胸に刻もうとした。

アジアの窓、という謎に
囚われて。

「六回目のろうそく集会には、厳寒の夜にもかかわらず、
ソウルで百万以上の人が集まりましたよ。子供連れの若い親たちも
多かったです。私も妻と高校生の息子と一緒に毎回参加しました。
光化門の前まで身動きできない人の数でした」

閉じ込められ、沈んでゆく船倉の割れた窓に映る、
独裁者たち、神たち、その息子や娘たち。
漂流する私（たち）、窒息する私（たち）、埋葬される
私（たち）、浮かび上がる私（たち）、

溺死、轢死、역사、幽霊。

小さな恋人が
私の耳にささやく言葉。

手に触れる手。泣きながら、
坂道を上ってくる小さな足音に
おまえは窓を開けることができるのか。

ソウルの空が翳りを帯び、
私を急がせる。
夕暮れの淡い闇の岸辺が
沈黙の暗い海に変わろうとする
窓辺。
遅くもなく、早すぎるということもなく
そこに佇むことはできるのか。

*역사はハングルで歴史。ヨクサ、実際の発音ではヨッサに近い。

地下鉄の駅で、ツェランを読みながら

何か音楽が聞こえてきた。そういうことはよくある。
遠くからかすかに聞こえるが、身体の奥深く吸い込まれていく。
水平線の上を右から左へとゆっくりと大型客船が進む、目を外しても
まだのろのろと動いている。宿題がまだ終わっていない、
どうする？　と考えていて、目を水平線にもどすと、もう
船は消えている。それと同じような感覚で音楽が聞こえる。ツェランの詩の
「再び　暗くなっていく池の辺で　お前は呟く、」という
部分を読んでいた。音楽が遠くからかすかに聞こえて、
地下鉄のなまあたたかい風にあおられ、そのページがめくれ、
「翼のざわめき」というタイトルの詩が現れる。鳩が飛んでいる地下鉄の駅。
そういう駅はあるだろうか。鳥たちはいない、というように片づけていいのか。

駅の事務所には蛇も飼われているのではないか。駅員の帽子や手袋と同じように、本当は蛇たちも身にまとわりついて離れたくはないのだ。バベルの塔がさかしまに地下にそびえて、一つの言語がそこでは、今も話されていて、人はみな愚かなほど傲慢で、だからこそ決定的な破壊を待ち望んでいるのではないか。どこかにアネモネの詩があるはずだ。アネモネという響きが忘れられない。チョコレートの匂いがする。

入院している恋人にチョコレートを買っていったが、途中で夏の水平線の船に見とれていて、お見舞いのチョコレートがすっかり融けてしまった話、誰かの小説にあったが、アネモネは、優しさと取り返しのつかない罪の匂いがする。わずかな乗降客しかいなかったからこそ、おまえは、そこでずっと待つことの時間と孤独に自ら酔っていたのかもしれない。その駅は、今は人々の雑踏に飲み込まれ、小さな点のようになっている。

「夕べに震えているアネモネたちが
微かに光りながら、ぼくたちの暗闇に先んじて咲いている。」
駅も震えている。咲いている。

＊括弧内はすべてツェランの詩から。『パウル・ツェラン初期詩篇集成』（中村朝子訳）より。

c dialogue

冬の道

巣穴をふさぐ石をはらいのけて
冬の細い道を
少女が歩いてくる
用意された椅子に座るのではない
昔話に溺れている
父たちの耳をやさしく嚙み裂くために

耐えたと思った七十年を
肉体は病み続けてと
長崎の人は語った
どう償えばいいのか

夜の公園で高校生が
激しくキスを交わしている

天下の嶮の一節が流れ
電車は喘ぎながら停まり、また動く。
函谷関や北漢山の元気な旅人たちの饒舌
温泉一泊の後はアウトレットへ直行だ
噴き上げようとして地底に集まったものたち
活火山の冬が隠している、それぞれの寡黙

いいと言える今がある
生において感じる永遠の他に
何が足りないと、おまえは言うのか
おまえのプログラムには乗らないよ
埋めつくされた一枚の紙に火をつけて
描かれた港を炎上させる

まず考察すべきは
海とそこに住む多様な生きものたち
イタジイの茂る森や暗い川との循環の秘密
歩き続ける道で
人の愛や憎しみから離れて、二人が
出会うことができるように

倖せな結末

すばやくカワセミのように
水中にもぐり、おまえを、くわえて浮上する。
くわえたまま、おまえを堤防のコンクリにぶつけて、
息の根をとめる。
それから長い時をかけ、おまえをのみ込む。
青空が川に流れる

どうしてかグラスに手があたり、あっと声をあげたが
ワインはこぼれ、おまえの服を汚し
テーブルクロス、皿、ナプキンが点々と赤くにじんで、
ジャクソン・ポロックの絵みたい、

おまえのつぶやきに
立ち上がって、純白のカーテンを閉める。

グールドの声が響く平均律を聞きながら
二十一世紀の朝ごはん。
前奏曲もフーガも終わってしまった、
さかのぼって中世あたりに佇むと
悪党たちが荘園を馬で駆け抜けていった
帰りたくない。

繰り返された寝返りが
隠すもの、届かなかった空の
名残り、引きずる靴のにおい、逃げてゆく
ホテルの窓辺の花。
ハッピーエンドが不可能だなんて
きしむベッドに散乱する声の破片。

しずかにドアを開ける。
忘れられた室内楽の響きで今日のニュースを
読み解くことはできないにしても
ためらいや思慮のぬくもり
あらがいの息を、守り続ける。
埋め立てられる風景を心に刻みながら

光の学習

闇に疲れたというのではなく
それを更に深めるために
夕べの霞む
水辺の
気配に
身を横たえる

シルクロードの道
燃え上がる絵
寒さに震える夢が
見るもう一つの夢

跳躍する足の裏の
輝き

いつまで
凡庸な悪の傘の下で
太ってゆく噂話に
興じればいいのか
掲げる松明の灯りで
確かな道が示されているのに

死んだ人の
文章を熱中して読む
どこがいいのだろう
その姿勢のすべてが
この世のものではないからだ
岸辺まで歩いてゆく

光は水を貫いて
声に抱かれる
「ここだよ」
いくつも錯覚を重ねながら
夜の冬を
照らしている

春のともだち

けだるい声だけど
少し明るいのは
春の光がさしているから
窓辺の椅子に
母は座り
本から現実に戻る

首を斬られた鴨は
胴体だけで数秒間走り続けた
どこに中心を置くのか
それだけで豪雪の悲惨も

耐えられるというのか
祖父が教えたのは森の掟だった

そこから出ていく
自らの欲望を見据えて
あのジャンプ台に向かう
今までのためらいと恐怖の正体が
スローモーションのように解体されるだろう
そこから出ていくのだ

暗い時代の人々は
どんな灯りをともせばいいのか
奪われた灯りのほかに
掌に隠した灯りがあると
きみは言う
それは自分を憐れんだりしないこと

苦しみについて
どれだけ学んだろうか
ともだちが泣いているときに
きみは春の陽射しをあびて微笑む
犬と猫はそれぞれの生活に没頭する
でもそこからしか解けないのだ、苦しみの主題は

蜃気楼

イタリア語でファータ・モルガナと言うけど
妖精のいたずらってことだよ。
私たちと同じね
交差する互いの
温度の中で
屈折するものを追い求めているのだから。

難しく見えるものは簡単で
容易に見えるものこそ困難だと
三寒四温の空が教える
ふん、と鼻を鳴らして

冬が居直り
凍結の人は解氷を待ち望む。

浮木
大海を流れ漂う
主体が無い、ということだけが
奇蹟に出遭う条件だ
確率など遥かに越えて
亀は必ずきみの中に首を出すよ。

真夏の砂浜で
貝殻を拾った
サンゴの死体を拾った
焼けつく黒い影を拾った
海を拾おうとして
水平線に手を伸ばした。

さらされた場所
サシバたちは飛来すらしなくなった
海中の木々は枯れ始める
かすかに聞こえる
「我々の魂を救え」の送信
葉っぱのようにカヌーが揺れている。

d　monologue（野戦歌仙）

さらされた場所

ブルーベリーのような人が顔を上げ、体を前に乗り出し、しかしその細い手は斜めに坐った体を支えているのだが、遠くを見つめて、いざりながら進もうとしている。小高いところにある木造建築の古い家、下からピンク色の服を着た痩せた女性が草原の中から見上げている。その後ろ姿。

あなたが私を描いてくれた。そのテンペラ画の中で私は六十六年を変わらずに生きている。後ろ姿の私に魅了された数えきれない人々がいる。人々の死を乗り越えて、私と兄の家は残っている。多くの観光客に踏まれながら。絵の中の私があのとき五十五歳だったなんて誰が信じる？

ペンシルヴェニアは生まれたところで、メインは妻の生地。その二つの土地がきみの世界で、そこにはきみが何十年も見続けた岩があり、描き続けた人間がいた。空間が時間になり、時間が空間になる風景。たった一つの岩と一人の少女だけで世界は満たされたものになる。深さに触る場所。

なぜアメリカの風景を描くのか、と人は言う。そこには深さがない、深さを知るにはヨーロッパへ行かなければ、と。この断定に対して、きみは、深遠なものはアメリカの片田舎にこそ、それがあるのだ、と答えている。きみの言うアメリカを、年をかけて見続けてみたい、時間はまだ。

誰もいないグスクに登って遠くの海を眺めていた。心が幾重にも裂けて、豚に喰われている。戦が続いている。祭庭で短い芭蕉衣を着て、竹籠《ティル》を背負っている老婆が私を見つめていた。涙を流して、話しかけてくるがわからない。ひっそりと月が出た。

北側の護岸は五日前の名残の雪にすべて覆われていた。南側は枯れた葦が寒そうに背丈を並べ、そこだけ雪の溶けた護岸の上からカワセミは流れのはやい水をじっと見つめていた。後ろ姿は沈鬱な哲学者のようだった。しかし、雪催いの湯殿川では、彼の色彩は道化のように浮いていた。

みなみ野は雪に埋もれている。雪の春だ。すべての季節が雪に埋もれる氷河期がいずれ来る。その予行演習。戦の予行演習よりずっと素敵だと思わないか。子どもたちが段ボールの橇で遊んでいる。くずのような大人たちは肩をよせ合って、あこがれの悲劇を待っている。春に拉致された雪。

屋根が落ちかかった。大雪の気まぐれなプレゼント。命まで差し出せとは言わなかった。滅入るばかりの日々に駄洒落のメールでも届かないか。最果ての車に乗った人と手紙は早くは着かない。彼らは、すべてをゆずった後、「花の心はいかが」と問うのだ。

くちずさむにはまだ肌寒い。風雅の途絶えた国には災害しかやってこない。しかし、じっとしていても春の日は永い。動き出そう。名前を忘れた動物の真似をして、名前を忘れた人のことを思い出そう。キーワードは「忘れる」ということ。這っているね、そうだきみは猫だったのだ。

吊されている肉身。ここで占われているのは何か。動物の焼かれる臭いがして、肩の骨が鳴る。縄のような質と長さを備えたものを夢に見て目覚めた。孤立を強いられる村、それを見ている世界。泉のように湧き出て止むことのない暴力。〈悪竜は道の辺にありて、通る者をねらう〉[*]。（*エルサレムの聖シリルの言葉）
〈日暮時、女たちは大きな甕をもって〉と、古都は言葉と映像で記憶される。女たちが竹籠《ティル》を両肩で背負い、あるいは頭上に載せて、裸足で何かを運んでいる。島の記憶の一つ。運ぶもの、もたらされるもの、裸足の下の砂、赤い土、生きている貧しさ。風が笑っている島について。

バスに乗っていると、老婦人たちの会話が聞こえるが、窓の外の景色と紛れて意味を追うことができない。バス、老人、前の座席で化粧している娘の耳の美しさ、すべてが何かを訴えているようだが、それぞれの気配はすぐに弱くなり、バスは駅前で停車する。次は踏まれた道の番だ。

プロセルピナ、百四十年前に描かれたきみを見て、女神のきみを、当時も今もこの世界に確かに存在している一人の人間だと思ってしまうのはなぜだろう。画家とその友人、友人の妻との三角関係。そこから立ち上がるのがプロセルピナという冥府の女王だからか。忘れられぬ想いが香る。

聖アグネス祭の前夜――ああ！　なんと凍える寒さよ！　ああ！　なんとなんと長い詩よ！　あたまうつなと芭蕉先生は教えているのに、私は頭打ちです。キャッカショウコ、キャッカショウコと鶺鴒たちがダンスする。なぜ見習わないのか？　羊飼いの少女を。その少女の掌の道の上の半月を。

ざわざわして落ち着かないのは、おまえの胸が波打っているからだ。生きているることにすぐ収束するな。間奏曲が小走りに後ろ姿を見せて走り去っていく。うまく転調できない。おまえの限界だ。外は光が次第に射してきて、雪が屋根から落ちる音がする。光と音を素描せよ、完璧に。

池はすっかり水がぬかれて黒い肌を見せていた。公園近くのカラフルな店の周囲だけ人が多くて、池端はさびしかった。缶ビールをコンビニで買って、水のない池のベンチに座った。寒いのに缶ビールを飲み干すと身体が火照ってきて、馬鹿野郎と一人で呟いていていた。馬鹿だ。

もらった桃の花の蕾。桜より桃にしたたしき小家哉。蕪村だったっけ？　桃のイメージは人それぞれ。桃の馥郁とした蕾から何が生まれるのだろうか。妖艶さ？　桃源境？　懶惰？　そう、喰ふて寝て牛にならばや桃の花、というのも蕪村。なんでも。しかし、小家がいつもある。

小さい頃よく言われた。七万回以上食ってまだ飽きないか？　牛よりも牛だ。食われないでいるということは僥倖なのか、それとも傲慢なのか。湯殿川は雪解けの水でゴウゴウ鳴っていた。いかにも満腹という風情。食うてはこして寝て起きて、流れて流され、ここまでか。

マッコリを飲みながら先輩は黙しがたい恋慕の思いを告白した。相手は在日の二世という。狂いそうだったけど、今はなんとか。Mさんは踊るよね、ぼくも踊りたくなった。自家製カチャーシーは忍ぶのではなく発散のため。マッコリを飲みながら二人は踊る。韓琉のごちゃまぜ。

午後の空気に言葉が閉じこめられている。彼方ではまだ歌が歌われているのか。出会えないが、歩くのはおまえの義務だ。ここでは言葉も唇も溶けた泥まみれの雪のようだ。郷愁も海も博物館で眠っている。ガラス越しに触れる。そのガラスの意識がおまえを隔てる、彼方の歌と。

光と風のことを考えながら湯殿川の道を歩いた。正確には「風は完璧に私を比喩とした」という詩人のことばを考えていたのだ。川沿いの道が一直線に続くように見えるところがあった。道は彼方の消点まで美しく延びているように見えた。曇天の下で、不思議に輝いている道があった。

鍵盤のすべてを盗むように、世界の隅を抱くように、若いTシャツ姿のピアニストが一音を打つ。その後はベースとドラムが繚乱の春と、孤独な夜を協力して創りあげていく。音を言葉でしか表せないというのは、生の悲劇を喜劇で笑うのと同じだ。但し、最高のテクニックが必要か。

肌寒い一日。上巳を祝う。蛤の吸い物を食す。氷雨。吉祥寺、いせやに集まる。熱燗、ビールを交互に飲む。パースの美しい青年と若く魅惑的な女性の写真に見とれる。その二人の母親、その他の母親たち。高校に合格した娘の父親。その他の父親たち。寒いが暖かい夜。

惑星・冬では、忘れるということは最大の罪である。挨拶はまず昨日の記憶の確認から始まる。私が食べたのはふろふき大根です。あなたはいかがですか。私はショパンのノクターンを弾きました。しかし、倫理的なことは大いに忘れることが推奨される。理由は寒いからというだけだ。

爆撃と不安にさらされる日。偏見と敵意と憎悪が煽られると、見えないところで分断が始まり、夕暮れも、その曖昧な時刻の色を捨て始める。おまえの性は？　と尋問する男や女たちが増えた。かきまわしてやりたいが、飛び跳ねる尻尾が弱っている。眠っている間に掃除は終了した。

そして交尾期は終わったのだ。やがて長い禁欲期が来て、雪激しとか、雨に濡れるとか、サフランを摘んでいる少年とか、いう表現の意味はわからなくなるか、あるいはその逆に受けとられることになった。抱かれて息の、は抱いていいのというように、息の秘密はつまってしまったのだ。（「雪激し抱かれて息のつまりしこと」橋本多佳子）

田んぼの緑の草が息を吹きかえし、小学生の男の子二人がわざとあぜ道を通って下校していく。話しているが、その話は聞こえない。初老の退職者のような男二人が「白系ロシア人っていうのはウクライナ人が多いんだ」と語り合って通りすぎた。ジョウビタキのメスが一羽、岸辺で跳ねた。

今日、きみが使った「盲亀浮木」は、きみの意味よりもっと根底的なものだよ。要するに、おい、もういいよ。それ以上言うな。直哉の小説にある？　読んじゃないよ。時間と空間の超越、偶然の必然さ、あれか？　いやきみの好きな物理？　違う、違う、根底は数学よ。救われる亀さん、鶴さん。

クマという名の犬。月を見て、泣いていたクマ。もうぼくはだれがクマか犬か人間かわからないまで酔った。モラエスさんを供養している人はまだいるんだろうか。ぼくは軽石でいい。きみの垢を擦ってやりたいから。二つの軽石の結合という論文を執筆中だが、一服したくなった。

ジュール・シュペルヴィエルの詩。「死者たちよ、君たちは血から癒えた」というのだ。ひっくり返した果てにこそ治癒があるというのだろうか。父祖の地、オロロン・サント・マリーには津波は来ないだろうが、地震の一つや二つはあっただろう。ピレネー山脈の麓の町。

美辞麗句が「ひと」の口先をゆがめるのは、それを駆使する者を「ひと」として使役するからにちがいない。壊れた機械のように手を挙げたり、笑ったり、そうだみんな壊れていることに気づかない機械の「ひと」なのだ。お、も、て、な、し。顔のない、面だけの人でなしたち。

「でも風はひくく唸ってマフラーのない学童のうなじのほそさ」。岸原さやの短歌十首を新聞で読む、大震災三年目の春三月の今日。「春への出口」と題された連作。「赤い夕焼け青いゆうぐれ街にいてふいに泣きたい、でも泣かないよ」。二つの「でも」の移行が春を呼び寄せるのか。

それは換喩だろうか。それともアレゴリーだろうか。それとも隠喩かしら? あるいは提喩? 赤頭巾ちゃんは白雪姫と会い、ホワイトハウスで后に化けた狼の毒林檎を喰らう。一方、白雪姫は赤頭巾ちゃんと会い、クレムリンで狼に化けたおばあさんの経血を喰らう。ルー、ルルールー……。

猪がわがもの顔で雪の上を歩いていると、その記者は、無人の町の取材で語っていた。積もった雪の上の足跡。帰還できない人たちの町の中に動物たちが現れる。我がもの顔だろうか。感情の深さがそこには欠けている。侮蔑的な擬人法に馴れた我々は、自然の浅い根しかつかめない。

対岸の人に、川の音を挟んで挨拶する。「雨は降らなかったですね」、「そうだね」。小さな梅林があって、紅梅の影が眼に残っていた。この一歩が花の眠りを邪魔するというのか。空は無音の流れに暗く押し黙っていた。二人の声だけが唐突に響く。低く、かすかに、でもきみの匂いが……。

茶色く枯れたクレマチスの蔓。冬の間、内に籠もった欲望の枝が陽の光を浴び、外界に伸ばされようとしている。雪に埋もれていた藍色の悲しみや忘れていた思い出。隠れていただれかに呼び出されて、幾重にも重なった扉を開け庭に出る。振り返ると、家には陽が射している。

(2/8/〜3/15/2014)

呼名

亡くなった人、殺された人、亡くした人、殺した人、生きている人、生まれようとしている人、生む人、貧しい人、豊かな人、誓う人、祈る人、読む人、書く人、歩く人、走る人、病む人、より添う人、コナラ、椎、タブ、エノキ、楠、杉、メタセコイア、樫、松、などと唱えながら立春の高尾山に登った。

詰襟の黒い制服を着た中学生が本を読んでいる。堤の道の石段に座って。頭を垂れ、一心不乱という風情。カワセミの川面を注視する姿と重なる。好奇、探求、理解、欲望。魅了され、誘惑される世界。こっちは慌ただしく彼岸に向かう道を歩いている。ウォーキングなどと称しつつ。本の名を訊くのを忘れた。

「私たちがバラと呼ぶものは、他のどんな名前で呼んでも同じように甘く香るわ」とジュリエットが言う。戦争、殺害、憎しみ、排除、敵対、専制はどんな名前で呼んでも、同じように悲惨と不幸をもたらすだけだ。だから、「名前には、何があるというの？」。ころがった首たちが旗たちに訊ねる。

人生を抜きにしても歌は美しい。だが、一度彼女について少しでも触れると、声の輝きは翳りを深くするためにあるのだとわかる。人有悲歓離合なのだから但願人長久と蘇軾の詩で祈る。「私の家は山の向こう」、鄧麗君《テレサ・テン》が死んでから二十年。

「総理なら取りあげられぬパスポート」が今朝の川柳の秀逸だった。夫婦はそれを読みながら、「そうだ」、「彼こそ出国させるのではなかったね」、「血税を自分の金のように使って」などと対話ともつかぬことを呟きながら食事をした。

下弦の月を零して、それを拾いに行く夢を見た。月に拾われるので、自分が月を拾うのではない。という一文を頭の中で復唱していた。砂漠に置き去りにされている半円のゆりかご。深い穴のような籠。落ちていけば必ずどこかでとまるというのだろうか。無限の螺旋階段を降下している、登っている。

横たえたら橋になる。その尖端は見えないが、ここでは川面の朝霧にけぶっている。あれは呼び出された昔の時間。どこか冷え冷えと、逃げていく気配。いくら、誰かが洗っても汚れたままのものがある。それはそれでいいのではないか。なつかしい橋のちょうど中間でどこへも行けずに泣いている。

くぬぎ橋のたもとで少女の天使二人がダンスを踊っていた。まだ慣れてないのか、はにかみながら地上のステップを踏んでいる。そのうち、いやでも歩けるさ。そして、堕天使と呼ばれるのだよ。西から流れる川。大橋と釜土橋の間、浚渫工事で追われたカワセミが泥の流れをじっと見つめていた。

春の水たまり、フロストの詩のタイトルの一つでもある。森の水たまりに心を寄せ、繁茂しようとする樹木に、見直してくれ、足下の水たまりを、きみたちを育んだのだよ、だから吸収して、その水たまりをすべてなくさないで、という。「自然を翳らせ夏の森となる木々が芽の内に閉じこめられている」。

（森、水たまり、春の気配）

心ここにあらず、というように歩いている。情けない歩き方だが、それをだれに見せるというのではない。でも、手も足も頭もばらばらでは、空を吹く風も、空から降る雪もあまりいい気持ちはしないだろう。この男のしまりのない歩き方はいやになる。不平がやむとき湿気と色と香りが一瞬濃くなる。

死につつある……という言表。死んだ思想家は迷妄だと言って否定するが、どちらが救いや希望につながるか。「だから悔悛せよ」と言うのではない、その中で工夫をこらし生きるしかないのだから、もうこれ以上は望まないと言っているのだとしたら。望めないのではない。右眼の出血が続いている。

辺野古を血腥い海にして顧みない。「粛々」という言葉は「圧制」や「弾圧」と読みかえよ、と日本政府の恥知らずの正誤表には書いてある。しかも、それを知らないのは日本政府自らだけ。南島の遥かな歴史から見れば、人々の営々たる生の歩みから見れば、なんという愚かな取り返しのつかぬ錯誤だろう。

上弦に向かう月の弓の悠々たる繰り返し。それだけでおまえの胸は小さな安堵で満たされる。すべてのものごとがそこから生まれ、そこに回帰する無限の反復。大いなる自然史としての時間の軌道。ことばが制度であり、内なる他者だとすれば、月の反復のリズムは、ことばの不可欠の光背に違いない。

秘密の日記。昨年の二月は大雪だった。今日はだれの誕生日か知っている？人生の讃美歌を書いたアメリカの詩人さ。[*]「言わないでくれ、悲しい調べで、人生はただ空しい夢だと！」で始まる元気のいい教訓詩。まさに空しいなんて言うなよ。たまには奮起して励めよ、刻苦して待つことを学べよ、か。（＊ヘンリー・ロングフェロー）

暗い顔をして、難しそうなことを考えていますね。易しいことをむつかしく言う癖は葱を食せば治るとでも言いたいのか。「冬ごもり心の奥のよしの山」、蕪村の句の光が射してきていますよ。元気を出して下さいよ。あの未曾有の最悪のメンバーを火刑台へなどと物騒なことは考えないで。

フロートを並べて海に境界をつくり、海兵隊区域と宣言する、これを侵すと、日本国の法令により処罰されるという。今までになかった境界、ありえなかった境界、これからも許されない境界、その設置はだれによって処罰されるのか。フロートが尽きる日、そのとき、海はまだあるのか。

（ティナ／サガリバナ）という白井明大の詩を読む。二つとも沖縄の花だが、サガリバナという名は知っていた。亡くなった石川為丸の書いたものや写真で覚えた、夜に咲く花だ。白井の詩はティナ（睡蓮）の呼びかけ、サガリバナの無言、現在と「消えかかる」ものを交差させて美しい。

島の馬鈴薯には「赤土」という名がついている。おばさんたちからの贈りもの。この新ジャガを食べると春になったという気分がする。笑い声としっかりした手が赤土と空気を混ぜて産み出したもの。自分もそうして地上に生まれたのではなかったか。この馬鈴薯のように美味くはないが。

高良勉の『言振り』。『魂振り』と対をなす。セゼールの『帰郷ノート』に「私が、私だけが、最後の津波の最後の波の最終列車の座席を差し押さえるのだ」という言葉がある。高良勉も奄美琉球の芸術・文化の最後の座席を差し押さえる覚悟で島の言葉と魂を生きているのか。

光の朝。迷子の子どもが、中年のおばさんになって泣いていた。気がついたら、こうなっていた。そういうことって、みんなにもあることだから、このまぶしい、温かい光をあびて、そこにしばらく立っていなさい。いやなことはすぐ終わるからと慰めている、慰められている夢から覚めた。

春風吹いて断たず　春恨幾条条。のどかな春風に断ち切れぬもの、みどりの柳の枝々にこもる春のもの思い。漱石の五絶の転と結句。文人趣味のこの漢詩も、今日三月十一日に読むと、思いは痛切さを増す。幾条条にも絡んだ恨みを断ちきることはできない。春恨の新たな意味を大震災は創った。

よする波うちもよせなむわが恋ふる人忘れ貝おりてひろはむ、と舟の中にいる人は詠んだ。小さな娘、亡くした娘を忘れることができないのだ。だから波よ、忘れ貝をうち寄せておくれ、と歌うのだ。「わが恋ふる」から下の句へのアンジャブマンが急転する波の激しさで、そこでまた息をとめる。

破壊はできないだろう。だれのものでもない海を占有することも。ましてそこにまた基地を造るなんて。海を汚して、きれいになったと言うことはできないだろう。魚たちをも汚染し、海にむかう町を廃墟にすることが許されるということはないだろう。東北と沖縄の海鳴りの音に耳を澄ます。

カーヴァーズ・ダズンを探したが、なくて、ときみは静かに語った。志望校の発表がまだ残っていて、落ち着かないので、なんだかカーヴァーを読みたくなったのだと。小論文の授業で「使い走り」を読み、面白かった。にもかかわらずとか、本筋の流れとは関係なしに転がっているものに引かれるの。

『氷島』の初版本、しかも三好達治への献呈の署名つき、と彼は恥ずかしそうに語る。まじまじとかれの顔を見つめて言葉を失った。しかも、三好が傍線を引いたり、○と×をつけたりしている詩行がある。うーーん、どうしてきみの沈黙は溶けたのだ？　蒐集家だって初めて知ったよ。

告知することは名前を呼ぶことに似ている。私は胃がんでした。友人はそう述べてシャツをあげて切った跡を見せてくれた。ぼくは多分、彼に呼ばれたのだと思った。三日月の、やがて明るくなる暗さの部分を希望というのだ。そこに隠れている望月。しかし明らかに明るくなるために。

マーラーの第五がラジオから流れている昼前。ハープの音の粒を、波のように揺れる弦が包み込んだ。アダージェット。忘れていた、かすかな、遠いアウラが頭をもたげて、きみを見つめる。フィナーレは嫌いだ。白樫の老木の下をゆっくり歩いている。耳を澄ますと木霊が聞こえる。

川岸のフェンスに雀がとまっていた。すぐに飛び去る。歩いているだけで、様々なことが起こる。ジーンズの後ろポケットにレモンジュースのペットボトルを入れて歩いた。レモンが飛び去った。レモネードという、レイの短編のような詩を思い出した。終わりには死も飛び出すのだ。春の川。

八王子から伊豆まで、往復ともバスで楽よ！　とっても。ホテルの部屋はオーシャンビュー。夜はヴァイキング、飲み放題付き。そうカラオケも。ウーン。散歩の友。ちょっと太った女性が私に語る。安くていいわよ。九千円もしないの。軽い目礼からここまで来ちゃった。ぜひ、行ってみて。はい。

神楽坂、鮒忠、昔、宮井君の下宿がここら辺にあって、酔っぱらって泊まったことも何回かあった。大雪の日、何が原因かは忘れたが激情に駆られて、ドアを叩いたこともあった。ベートーヴェンの七番のレコードを彼が持っていて、聴かせてもらったこともあった。神楽坂、鮒忠、赤城神社。

久しぶりの激しいハングオーバー。犬になってワンワン吠えた。猫のように丸まって、死んだように寝ようとしたが不可能だった。五時過ぎに歩いてみた。犬や猫が笑っていた。川の鯉がジャンプしてわざと音をたてた。桜は美しい局部を惜しげもなく見せ始めた。世の中は春の問題一色だった。

辺野古。頭の辺から忘れられない。春の野を歩いているときに、海辺に蹲り泣いている人や魚がいるだろう。砕かれた珊瑚たち。政治経済のなんと酷薄で無恥で無責任なことよ。人は生きている。古くからそこで。辺野古の底で。まっすぐに青い海を見つめて。重なる深い思いに包まれて。

きみは何色と問われた。淡い色の桜、濃い色の桜、その二つを写真に撮りたくて山の上に登った。そこからしか色の濃淡と分布はよくわからないからだ。違うよ！　底深くもぐること、「打ちのめされる」下降と没落の果てにしか再生はありえないよ。勝利と敗北からともに救済されるために。

1、復活祭　2、写真論　3、詩と散文。それぞれが浮上したと男は言った。昨日、思い出そうとして思い出せなかった写真家、東松照明という名を今日思い出した。到達、スペクトルという言葉の橋を渡った。そう、あなたの身の上話をして下さい。それをダイアンのように撮ってみせるわ。

「山男の四月」は九十二年前の今日書かれたものだということをSさんから教えてもらった。「どこかで小鳥もチッチッと啼き、かれ草のところどころにやさしく咲いたむらさきいろのかたくりの花もゆれました」。寝転んだ山男が見る風景。眠くなるよね、眠るよ、もうすぐ眠るよ、賢治さん、いいね。

ぼくらは待合室で待っていた。オセロや読書をしたりして待っていた。TとVはいつもと同じように見えたが言葉は少なかった。十六歳になる一人娘の手術。終わりました、と看護師さん。ベッドの娘の額に黙ってVは自分の額をくっつけていた。娘の手がチェロの弓のように男二人に伸ばされた。　（2/4/〜4/7/2015）

群島

「ゑけ　上がる群星や　ゑけ　神が差し櫛」と天空の星々を、おもろの詩人は神々への讃歌として畏怖をこめて歌った。根底にあるのは地上の生がいつも大いなるものの加護によって営まれるしかないという謙虚な祈りだった。それを破壊する無知で野蛮なものたちをも排除することのない祈り。

帽子を吹き飛ばす風。でも、海はそこまで荒れていない。バスでここに着くまで、サーファーたちが波に乗っているのを何回か見た。半島の東海岸の曲折と高度差に身をまかせながら、きみのことを思った。ホテルの部屋。硝子窓に「消防隊侵入口」と書いた紙が貼ってある。ガタガタ窓が鳴る。

第三健進丸がゆっくりと出港した。小さな漁船が沖から帰ってくる。往復の水脈を鮮やかに描く海の朝。眼はいつも陸上に囚われていた。肌寒い四月。岬の突端の緑。船酔いに耐え、ぎらつく光の矢に射られていた幼年期、そこから夢見た今がここか、ここだ。

「死びとの箱」という島。「開国」の外傷の延引。小さな島の国はいつもどこか病んでいる。小さいは大きい、大きいは小さい、のにね。黒船を浮かべた水道や湾、そこで生まれ、死んだ人の人生は黒船よりも大きい。ヨウ、オウ、ホウ、おまけにラム酒も一本どう？　その島から見た国々の小さなこと。

二十六夜。旅の思いは、あっという間に消えて、旅への思いに胸が飢える。小さな子の横顔を描くと、ありえない、太ってゆく下弦の月のようだ。闇の処にきれいな鼻が次々と突き出た。きらいなものくにぐに、すきなものしまじま。

李白の「古風」を眺めていた。その十八はパウンドが訳した漢詩の一つでもある。詩にある色を拾う。桃、李、月、衣冠、雲、黄金、紫鴛鴦、庭幽、黄犬、緑珠。詩に川が流れている。前水のあとに後水、流れを見つめる新人は、旧人には非ず。李白は天津橋の三月、ここはもう四月も半ばだ。

作られた風景の中で、作られた人の、作られたポーズを、おまえがまねるとき、ほんとうのおまえはどこにいるのだろうか。あるいはそんなものは最初からない？　それは光だったのか？　内なる光だったのか？　内なる光の内なる光だったのか？　と問いつめる人はいない。風景がない、私に似合う。

謹んで、ここに色を要求したのではない。塗れ、汚されたのだ。虚偽の色。一面の赤土、灰色の泥で永遠に封鎖しようとする。光る鍬が人の血と涙でぬれる。あれが碧い海！　教えられなければわからなくなるまで陵辱されたのだ。おまえにはデッサンの能力はない。どんな線も色に変換されるだけだ。

難民になっている。モース警部が誰かを探している。東京に、広大な難民キャンプが作られている。ちょっと感動した。そこに収容されているのは、旧国籍が日本の人間ばかりだ。しかし、相互に言葉が通じない。生真面なルイス部長刑事がぼくの眼を覗き込む。モースが言う、ルイス、そいつじゃない。

なぜ言わない、おまえも。「発砲スチロールが海面を滑るときの軽さで地球を回ることができる」*と。足はあらゆる突起に傷つき、眼は太陽に焼かれた。だからこそ、発砲スチロールのようなフィルムに曝された現実！　をいとおしみつつ、傷つき焼かれる軽さで、彼は基地から何もない海へと出るのだ。（＊東松照明「太陽の鉛筆」）

「語らない島」と、島に縁のない陸の作家は言う。彼は自分を語るだけ、自らの独立の夢を貼りつけるだけ。漕ぎ出し、漂うカヌーになることはない。陸影はるか、島々の浦伝いに、せめて日々のおまえの思いをつなぎ、漕ぎ行け。その思いが、捨てられた御嶽《ウタキ》の石や木々になり、風に吹かれるまで。

「立法者になるのにふさわしい資格は、無知と怠惰と悪徳だ」「おまえの母国民の大多数は、自然のお情けでこの地上を這いまわることが赦されている不愉快な小害虫のうちでも、いちばん有害な部類だと結論せざるをえない」、ブロブディンナグの王の極論の二つは、しかし、と考えていたら、夢から覚めた。

雨戸を閉め、今晩は満月だな、と思って月を見る。こういう事と思いが何回もあったような気がして、慰められるものがある。午前に登った山、新緑がまだ眼の奥に残っている。おまえはため息をついて、つらそうにしていたが、美しい足は歩みをやめなかった。満員の風呂のような頂きに、笑ってしまう。

S湖まで行った、M岳もいいよね。景色があるから、茫然としていても、なつかしい感じが動く。石に罪はないが、そこの石はすべりやすいから気をつけて。夏を登っていくと小さな沢に小さな沢蟹の物語が隠れていた。夢の中から責任が始まる、というイェイツの言葉はおそろしい。

「果たされなかった思ひと、そのうつくしい過誤が、にぎわしくいきかふ、そんな市」を見届けることなく友人は逝ってしまったが、もとより「そんな市」が実現することはありえない。そうと知って、彼は「死者のはうへ、廃墟のはうへ」吹き抜けていったのだ。夢の中の責任を深く担うために。（「」はすべて、石川為丸「島惑ひ　私の」より）

「前庭に最後のライラックの花が咲くとき」と草の葉の詩人は歌うが、ここには何もない。擬宝珠の大きな葉があるじゃないか、小手毬の白い可憐な冠も。この二つからおまえの悲歌を歌えないとしたら、詩人じゃないよ。無数の戦死者の死体がおまえの前庭に棄てられている。思いに沈む同志、きみの。
そうじゃない。必要なのは「敗北の大義」に関する考察だけだ。かすかな希望へのかすかな息として。言うまでもない、「日常」こそが「緊急」の深い経験からもたらされた帰結ではないか。きみたちの「緊急事態条項」は常にきみたち以外を殺戮するためのもの。身を隠す猫、きみを見つめる犬。

迷子の経験とは「社会から追放された流刑の経験なのであり、たった一人でさまよわねばならない彷徨の経験」とF先生は言う。しかし、経験を支え、受容する「社会」そのものが壊された今、迷子は帰るべき故郷を失い、経験として意味をなさない。ここはどこ、わたしはだれという亡霊たち。

開けばいいのに閉じる。閉じることなのに開いたなどと出来の悪い、自己陶酔のゴミ当番の連中が主唱する。自分のゴミをきちんと棄てないで、目を逸らすために、他のクラスのゴミも集めて、ゴミの山に隠れてしまう。閉じたクラスは臭い、臭いは美しい、と好き勝手。先生は呆れて、物言わぬ猿。

跳梁する部屋。道の中途に佇んでいる人間をそこに閉じ込めようとする。四方に、はめ殺しの窓の幻影。何が見えるのか。高速度で移り変わる高層ビル群、人一人いないその廃墟。波だけが打ち寄せている。飛び降りるのは不可能だ。カヌーの絵模様のカーテンを窓にめぐらし、プルーストを思う。

ルイス・キャロル、C・S・ルイス、トールキン、なんとボルヘスまでもが今日の「ルイス警部」の背景。何だかわからぬままに、夢見る尖塔の街の風景に見とれていると、教養豊かな犯人が、ルイスとハサウェイの探求で逮捕される。逮捕が救済であるようなドラマだ。今日も飲んじゃった。

ゼロになれ。もとより、ゼロなんだから。狂人になれ。もとより狂人なんだから。声が聞こえる。促しているのか、皮肉なのか、よくわからない。矛盾していると思うが、そうだなとも思う。鉄の部屋で昏睡に陥っている。もう覚まさないでくれ。魯迅の吶喊の低い声。その想像のアジアの夢。

アラバマ・シェイクスに遭遇して、一時間以上聴いていた。マッスル・ショールズに、この夏行ってみたいと思う。二十七歳になったような気分がしたが、そのときぼくはどこにいたのだろうか。いや、これから二十七歳になるのだよ。最高にファンキーになって、今度こそ、きみのソウルを揺さぶってやる。

英語の解説で、大相撲を見るのが好きです。解説者（同一人物ではない）はとにかく真剣で、よく勉強していいます。舞の海の解説よりも詳しいし、よくわかる気がします。英語は相撲に合っているのではないでしょうか。ＳＶＯの文型は土俵上の力士と、その行為を象徴するものではないでしょうか。

池の周りに、ウツギやエゴノキの花が咲いている。カワセミの写真を撮っていた顔見知りが、この小さな木もオレラが死んで何年も経つと、あの木のようになるんだろうと笑いながら話しかけてきた。エゴノキの巨木を二人して見上げた。オレラは邪魔ものかもしれない。鈴のような花が揺れている。

凡庸なニュースピーク（新話法）なのに。戦争は平和である。参加しても巻き込まれることは「絶対にありえない」。活動地域を拡大しても隊員の「リスクは高まらない」。自分への批判は「レッテル貼り」で、自分の批判は「言論の自由」。「無知は力である」。執拗に語り続ける権力者とその仲間たち。

クレジオは石垣という意味だ。石垣のような人が、遠くを見る眼で、深い声で、優しい海鳴りのような声で、私は背が高い、と語り始める。クレジオは石垣、しかし、内と外を隔てる石垣ではない。琉球石灰岩の石垣。その穴に雨は染み入り、風が吹き抜ける。背は高い、絶えず放浪する旅の標識。

最悪の「国会」の中継にあきれ、とくに「政権」という虚構に飽食している政治屋稼業の孫たちに反吐が出、悲しそうに立っている質問者に同情しながら、どこかで見た風景だと思った。夜郎自大。咎める身内がいない。嫌になって、八キロ余り歩いた。緑の氾濫。帰ると、なつかしい電話。

擬宝珠の大きな葉が雨を感じて揺れている。こんな薄曇りの日をいくつ経験したら、きみからもらったユーカリの葉、その乾いたざわめきの音に出逢うことができるのか。緑色の目の女。一枚の葉の来歴。その、きしみへの憑依すら、自らの喉を焼かねばならない。もう言葉は要らない。言の葉は。

「否定、疑問」の中に生動している「現在」の生の再構築、それがきみの詩。

ちょっと、ドゥルーズのように言えばね。散歩のときに考えて、今ここで書いている。しかし、聞こえていたのは愛ちゃんの声だ。意味はわからないが、長いフレーズを上がったり下がったりする声。声が立っていた。

早朝ぬ豆が花よ、明き時ぬ露が花よ、と宮古のアーグ「豆が花」は始まる。アーグといっても世俗的になり、古い英雄叙事歌からは変化している。歌の一番では、朝の露を孕んだ小さな可憐な豆の花に、世の幸せを祈る。「短章だが、句々みな端正、……南島を通じての代表作」と小野重朗は評する。

川沿いのフェンスにもたれて、制服の高校生男女が忘我のキスを交わしている。シーレの絵のようだ。人はその傍を通る。彼らはほとんど気にしない。流せない記憶を彼らは今、作りつつあるわけか。青い羽根が川面近くを飛び去る。癒えない傷のように。二人は川を見ない。川も二人を見ない。

道の上に桑の実が落ちる。赤黒い実が一面にこぼれている。実は熱を持ち、みずからの形のくずれにたえかねているようだ。雨がすべてを冷ますまで、桑の実と道は世界について、その樹について物語る。あるいは小さな者の小さな口に侵入し、遥かな昔を乗せる流れとなる。どっちが好き？

火山は、地質が人間に対して無関心であることの象徴か。あそこで踊っている黄色の蝶にどんな考えがあるというのか。新岳で行方不明になった詩人のことを考えていた。クレイグ・アーノルド。エトナ、サントリーニのカルデラ、そして最後の巡礼の地が口永良部島。火に惹かれ、火と交換した生。

雨の日。十六号のさびれた陸橋にビニール傘をさして男が立っている。何を運ぶのか、だれが乗り、だれを乗せているのか。とぎれない車列が雨空に向かって、大きなため息とともに身をくねらせて上昇する。小石のような男。吹き飛ばされないように傘を握りなおす。久しく忘れた花の顔が濡れている。

二つの条項のうち、後の一つを変えよう。二つは一つなのに、それをばらそうということか。いや、もうばらしきった後の祭りを認めようというだけだ。それでもか、もう終わりなのか。犬を引くのは人間なのに、人間を犬が引いている。人間を犬に合わせようと言う白猫もいるヤポネシアの首都。

（4/8/〜6/7/2015）

吶喊

もしかしたら、新種のウィルスのようなものか。新たな抵抗をつくるための。いや、いや、頭のやることは変わらない。「人間」というロボット、いや「ロボット」という人間の登場。で、どうしたらいいのか？　この世界に一度だって、「人間」は登場したことはない、という命題をおまえは破れるのか。

世界文化遺産？　それは勝利者の支配、野蛮のドキュメントに過ぎないとベンヤミンは喝破した。文化の半面の素顔。「明治の産業革命遺産」？　暗い坑道の呻きが聞こえないか。近代の廃墟に「萌える」ために、どれだけの生活と自然が破壊されたか。顕彰された勝利者の踏みにじった跡に続く列。

野蛮のドキュメントが積み重なる鬱陶しい日々だけど、きみはケージのことを思って、この週末をすごしていることでしょうね。「キノコのない食事なんて、雨の降らない一日のようなものだ」というのは笑えるよ。何がおかしいか、わからないから笑えるんだよね。ケージの中に入ってみたまえ。

青色の何かが増水した川面をサーッと飛び去り、ソノの胸はドキドキした。予言！　があたった。ヒデミさんが出がけに、今日の歩きは、カワセミに遭う予感がすると言ったのだ。それから白樫の密集した葉は雨を受け止め、おまえを濡らさないとも。すべてが叶ったのだ。あと少しで家に着く。

湖を見ながら、おまえの耳にさわった。触りたいものが多すぎる。二十世紀の終わり、壁の崩壊の前。それから六月が幾つ過ぎた？　ＹＤＫ、よくできる子たち、やればできる子どもたち。雲の中の教室、モッキンバードの声が響く教室で、「茶の本」の「人生の愚かしさに微笑む」一輪の百合の章を読む。

唇を嘗めてもそこに泡立つ記憶が甦るわけではない。ルリカケスに水を飲ませて、それを嘗めるのは単にラム酒の減量を惜しむからだ。唇は水とアルコールに占拠された。いや、食も細くだが、まだある。唇が失ったものを列挙しない。

分析は嫌いだ。表現も。昨日はヘミングウェイが死んだ日だった。

帰っても雨。濡れるのもかまわずいつものwalkingへ出た。湯殿川はゴウゴウ鳴っていた。気持ちは爽快。ここ二、三日歩かなかった分、あれこれの鬱屈のにごりを吐き出したかった。水の濁りはやがて透明になるが、心の濁りは凝り固まって石になるしかない。それで、歩くと揺れるのだ。

だれかに呼びかける、これがキーワード。呼びかけるだれかがいない人は？　いると思うよ、だれもが呼びかけるだれかを持っているはずだ。いや、呼びかけるだれかに激しく切断されただれかは、ただ血を流し続ける自分の心の周りを一人で回るしかない。そして、だれかを彼も切断するのだ。

歩いた道や歩かなかった道について。思った人や思わなかった人について。見上げた空や見下ろした海について。特に別れた人や別れを強いられた人についいて。彼岸についいて。鳥たちは入江に沈む夕日を背に塒に帰る。あるいは朝焼けの空に声を上げる。「かれらにぼくの視界をあたえよう」と鳥が鳴く。

カワセミには遭わなかったが猫には遭った。猫を侮蔑しているのではない、ものは稀なるをもって尊しとするという受け止め方が抜きがたくあって、猫の日常よりもカワセミの輝きに惹かれるのだろう。猫好きになると話はちがうだろうが。比較ではない、今の歓びを見つけるのは難しい。

湯殿川は増水して奔流となり、水は濁りに濁り、岸辺の水草を薙ぎ倒し沈め、轟音をたてて流れていた。熊野川は、その昔と変わりなく、氾濫と浸水を、しかし神話的な深さは喪失したまま、繰り返す。川を祀るものはいなくなり、散歩の足と観光の眼に曝されるだけの大いなる不満の爆発。

「不可避の手」という一語にうちのめされた夜だった。棋士の、その手も不可避、両方の手が不可避だから、深い謎を孕んだ局面が生まれ、やがてだれをも感動させる終局が生成するのだ。おまえのように、丁寧な説明という詭弁でごまかしてはいけない。泣きっ面の男には渡れない告白の川だ。

いつまでもタビの者か？　ディアスポラか？　タビを栖とする、と芭蕉は言っている。帰還を期すことのないタビが生と考えれば、少しは気も楽になる。どこで死ぬかも問題じゃない。タビで死ぬのさ。生の中で死ぬのだ。あつしあつしと門々の声。心のうちをさらけ出すことができ、月も出ていたね、昨晩は。

母にタビに出ると電話した。気をつけてねと労られた。そっちは暑いの？　と聞くと、ここ二、三日は雨が降ってそうでもないということだった。かえってこっちは猛暑だという話になる。昨日読んだ「それから」は代助が三千代との関係を再燃させるところだ。関係の中でしか生きられない人。これから成田。

驟雨の中を車はしぶきをあげながら駆け抜けた。右と左が逆転した道路で、車だけが生命を持っているかのように、歌いながら身体を震わせている。愛は死なない、と歌っているのだ。それから、どれだけの謝罪をとか、私のすべてをと雨の中で歌っている。雨があがるとコンサートも終わった。

葉巻の名が「ロミオとジュリエット」というのだ。踊るときは、それを置いて、二拍子のステップを踏んでいる。カリビアンというよりはアメリカでの暮らしの方が長い。彼と一緒にいると日本語を次第に忘れてしまう。スペイン語と英語と日本語が少し。フロリダの夜。葉巻がいつまでも匂う。

ジェットラグに悩まされているというのか。様々な時間を耐えてきたのに。心臓の中には燃えている赤い血の時間が沸き立ち、その低い声には幾多の抵抗の時間が刻まれている。出発は帰還を孕み、帰還は出発に支えられる。幾層もの時がきみの中に流れ込むので、大きな空洞がそこに生まれる。

四百三十五キロを西に走る。タラハシを過ぎ、チヤタフーチを渡り、アラバマ、ドーセンに着いた。ウェスト十《テン》は情緒のすべてを無視し、ひたすら真っ直ぐにCAに向かっている。八十マイルのスピードも、この広大な直線にのまれて亀のようにのろい。人はただ孤独の強さで対抗しようとする。不服従。

モンロービルに行った。古い裁判所は博物館になっていた。「アラバマ物語」という邦題の映画の裁判所の参考にされたものだという。二階がある。あそこに黒人たちが立ち並び、被告にされた同胞の裁判を見守る。そこに二人の白人の兄妹がいて、固唾をのんで父の弁護を見守る。緊迫した雰囲気が今も漂っている気がした。

イリーガルということは時の政権のリーガルの独占から疎外されたものを言う。イリーガルから見れば、リーガルこそがイリーガルに見える。ムーンシャインはすべてリーガル化されているが、僕はアラバマで本物のイリーガルのムーンシャインを飲んだ。喉は焼けたが、そこに歌が生まれる。

眠られぬままに浮遊する心と身体。得体のしれないものに取り巻かれているのか、それとも親密なものからこそ底知れぬ恐怖がたちあがるというのか。きしむベッドの、背中の下に四つ葉のクローバーが潜り込んでいた。どこから来てどこへ行くのか。先住民とディアスポラたちを追い払う夜の眼。

笑わせる。どこでも入口には検査場があり、そこを無理にも通過させられる。ビーと音が鳴って、また調べられる。また、ビーと鳴る。死にそうな大人たちが、真面目に遊んでいて、それが世界を腐らせている。ここでビー、あそこでもビー。壁を造ると言うのもいて、それも人間のはしくれだ。

世界一脚の長い日本の蟹がいる、と言って、きみは全米一大きなアトランタの水族館の蟹の写真を見せたね。多分ぼくを喜ばそうと思ったのだ。薄暗いアイリッシュパブは週末の賑わいで声がよく通らない。小さな日本人の叫びはもの悲しく聞こえる。巨大なテレビの中で男たちが走り、ぶつかる。

Julian Bondが亡くなった。公民権運動のカリスマ的な指導者だった。アトランタが呼び寄せた記事だ。そこで飲んだくれていた土曜日に、彼は死んだのだ。天使のようにきみは高みからすべてを見ていて、卑小さに囚われている僕のために泣いた。きみの涙に包まれて、そこで座り込む。

ずっと海だと思っていたと娘は語る。St.Johns河は海のように大きい。あの空の青は見つめていると誘い込まれるように深い。何か自分とは異なるものにずっと間違われていたたい。いたかった。胸の奥で波立つ思いを抑え、父は眩しそうに娘を見る。

大学。きれい、いい匂い。老人は昔の大学を思い出そうとする。楽しみなどなにもない、涙の失敗だけのスロープ。うるさい蚊のようにつきまとう思想の粗相。わが心は石にあらず、うんぬん。「こころざし／という単語を見て／すごく吐いた」と太郎は書く。複数の時間。お祖父さんたちの自恃の、競争。

ファゴットと言ってしまった。紙片をめくるが、続きが出てこない。それは残る、と。何が？　書き連ねてある。あったはずだ。そこで打ち切られ、退いて探す。きみが手伝ってくれる。朗読まであと何分もない。ぐしゃぐしゃの紙に、英語で書いてある。これでもない。あれでもない。目が覚める。

東松照明の次の言葉。「ぼくは沖縄に来たのではなく日本へ帰ったのであって、東京へ帰るのではなくアメリカに行くのだ」。アメリカ国にも日本国にも幻想はない、そのうえでありうべき「日本」は「沖縄」にしかないのだ、と東松は言ったのか。今日から沖縄は旧盆。祖霊たちを迎えるのだ。

二〇一五年九月二日　喜念で

どこまでも広がる思いと、水平の中でうずくまる思い。回帰する自然を祝福する朝の光の梯子。直線的時間は水平のうねりの中に飲み込まれてしまう。

タビ（異国の空）に散らばった「難民」たちも私たちの友人《ドゥシ》だ。奄美のドゥシという言葉は同志と一続きの言葉だ。たった数名しかドゥシを受け入れないクニが世界にあることを知っている？　積極的平和主義とやらを掲げているクニ、このクニのことだよ。泣きたくなるね。恥ずかしくて。

君の語る言葉に耳を傾ける。災害と事故に嘗めつくされた土地。繰り返される何十年に一回の天災の話。それでも人はそこで生き続けねばならないか、あるいはそこを追われても。疑問を抱えることすら許されないスピードで、傷口はいつも巧妙に被覆されてきた。雨は降り続けたと、君は語る。

中央高速とウェスト十《テン》はどう違うか？　日本のだるい恋の歌と地平線に続く孤独の果てしない時間とのそれか。思うだけで心が痛むのと必ず来る激しい驟雨に打たれる裸の感情のそれか。九十マイルでハイウェイを自走する車は詩作しない。速度の果てに虹が出る光景。積乱雲の塊を破って射し込む光。

月暦では昨日は八朔。秋の収穫の予祝としての行事が様々に行われたと暦にはある。秋祭りとして受け継がれているのだろうが、今はうち続く災害や政権の非道さで、収穫の歓びはどこにもない。国なしで生きていけると言ったら、個人よりも国が大切だと反論された。この狭さが厭になる葉月二日。

小さな国なのに。東に洪水あれば南に火山の爆発あり……。それを気にせず、国民一人に八百万以上の国の負債を背負わせ、一千億以上のオスプレイを買い、集団的などと馬鹿なことに借金を重ね、小さな国内でも大事なことは一杯あるのに放ったまま。小さな国なのに。つまらぬ野心にとらわれ、また……。

あの装甲車の車列を見ると暴力の記憶が甦る。殴打され頭が割れる。どんなに平静を装っても、権力の暴力が誘発してくるものに前のめりに誘われていく自分がいる。時代錯誤の血の匂い。金木犀の濃密なしたたりに濡れ佇むとき、シュプレヒコールが幽かに聞こえてくる。空に鳴る礫の音とともに。

いつものように電車を乗り継ぎ、乗り降り、目的地へ向かう。秋霖が止むと、空は自らの意志の在処を誇示するように晴れわたる。こういうことが果てしなく繰り返されて、それを見る眼差しの生理も作られてきたのだろう。一人で喊声をあげ、空の彼方に拳をあげてみる。

（6/24/〜9/20/2015）

秋思

身体を揺さぶりながら歩いてくる少年がいた。コスモスの色に圧倒され、空の青も心のどこかに宿っていたのだ。足だけが自動的に歩数を刻んでいた。すれ違う寸前に、少年が「コンチワー」と声をかけた。ぼくは声が出ない。少年はもうぼくの背後だ。目が覚めたような思いで、その声を反芻する。

倦怠を知らない、鈍くて哀しげな人々の途絶えた時代。見えるものだらけで、眼が疲れる。どこをくすぐったら、この馬は蹴るのか？　と人々は語る。季節から出たいというのが、新年の課題だ、ときみは賀状に書いていた。アラバマに行って、モッキンバードを殺すことを読むのが僕の夢。

青珊瑚は遥かな時間を生きて、大きな群落を造った。生の意思が断たれることなく、そのまま受け継がれてきたからだ。これからはわからない。彼らの生の環境を破壊しようとする獰猛な勢力の意思が迫っている。我々は、すべての海の生物と共生を目指す珊瑚の一員より無限に劣る人間という種だ。

どこに隠れたのか？　相性が悪い。まえも朝の貴重な時間を使って探したが見つからなかった。まさか、四書五経の隣にひっそりと隠れていたなんて。しかも、目の前ではないか。歩いて隠れるわけはないから、きみを抱いてだれかがそこに隠したのだろうか。僕以外にはいない。そっと撫でている。

「右顧左眄」という四字熟語を黒板に書く。渡ってきた橋、流された果実らしきものが眼に浮かんでは消えた。真っ直ぐに歩くつもりが道を脇にそれてしまった、それが月の美しさに見とれてのことだったらよかったのに。それでもいいと人は言うだろうか。それた先の茅屋に秋が眠っているのなら。

熟した大きな柿の実が屋根を背景にして秋空の青に映えている。私は急いでいる。急がねばならない。時折、車の音が聞こえてくる。ここに今いることは、アラバマのピーナツ畑の広大さの中にいることとどう違うのか。旅にある心と日常にある心との違いか。私は急いでいる。急がねばならない。

精読だと先生は言う。つまらない、アラが皺のように見えてくる。いや、時代をこえて読むことだよと先生は言う。生きることは読むこと？　永遠と瞬間の色と匂いの違いに引かれて現在があるのだろうか。言葉にも飽きが来る。稲田は刈り取り間際の黄金色。頼んで、稲を自らの手で刈ってみたい。

榧の巨木の幹を触ってみた。次に押してみた。次に腰をすえて押し込んでみた、揺らすようにしてみた。樹皮がかすかに笑ったような気がした。空を見えなくする枝と葉の茂みに隠れている目に見えない年月が実感させられる。びくともしないな。碁盤にするはずだ。爛柯の永遠の舞台だもの。

一葉に金を返す、と彼は別れ際に言った。えっ？　一葉とはだれだよ？　樋口に決まっているだろうが。おまえはいつ一葉から金を借りたんだい？　こいつとは絶交だと思いながら別れたのが木曜日。時の過ぎるのははやい、明治も終わったのか。いや、宗助と御米には毎日会えるじゃないか。

古いつき合いになる年上の友人が彷徨っている。最近ほとんど会っていないから、会えということか。一回り上だから、心配でもある。さもしい男だ、おまえはとなじられている。ああ、という二文字が闇に浮かび出て、二拍だな、無音の拍を加えると四拍子だと考えているうちに目が覚めた。

指を折ると、父親とは二十二歳の差。すべてにおいて無縁だと思って生きてきたが、彼が少年だった昭和十年代が俺の血の中に受け継がれていないはずはない。古稀を前にして父との連続性に気づくというのも不思議なことだ。俺と変わらぬ人は老いていくが、二人の小さな魂は笑っているのだ。

ラリックス、ラリックス、いよいよ青く、ときて、一行あって、わたしはかっきりみちをまがる、というのが「小岩井農場」の最後だが、「まちがえる」と読み間違えるのは、この長詩の蛇行の気分に惹かれるからか。それとも、かっきりまちがうという倒語の響きが隠れていると確信するからか。

上弦の月がかかっている。眺めるこころの余裕があるときとないときがある。ないとき月は訪れてはこない。空を見上げるということだけでも、それを忘れていることがある。地面を蹴っ飛ばして、穴にもぐりたい。闇夜をどこかで望んでいるときがある。空っぽの身にふわと光を投げかける月だ。

たまには「声」が聞きたくなる。ボーカルジャズのネットラジオを探して聴く。今、アニタ・オデイが、生きている限り、を歌っている。変わったぞ。テンポの速いスキャットを交えた、確認、というタイトルの歌。今度は、シナトラと誰かのデュオ。わあ、すてきだ。虹の彼方に、今は。

先生の出版記念会から帰ってきた。青梅行きに乗ったのに、大月行きと錯覚していたのを西立川で気づく。飛び降りて、立川まで戻る。先生の心には少年が息づいている。ぼくは、ぼくらも、もっと何かができるはずだ。この時代の闇を蒼空に変える一点を凝視するのだ、浮遊する少年たちの霊を。

とある日、きみは吉備路を訪ねる。廻峰行者を取りあげて云々する人々から遠く離れて。歩くことが英語を忘れさせるような歩き方、ジョセフ・ナイのいない道を海に向かって歩くのだ。辺野古、大浦湾から水平線が消えないうちに。倉敷の美術館で無言のジャスパー・ジョーンズに出遭った。

いつから、こう抑圧が正義のような顔をしてしゃしゃり出てきたのかね？　今は何時ですか？　あの夜はどこへ消えたのでしょうか？　こう明るくって、これが深夜だっていうんだから、月もだれも見なくなるね。個人なんて故人だらけの世の中だよ。まともな国も当然ありゃしないはずさ。

秋の終わりに、呼びもどす夏の熱い光も燃え尽き、もうすでに死者たちの日だ。かつて五月にそうしたように、その小さな手をぼくに、とディスカウが歌う。騒乱の翌朝には、すべての聖人たちの日がやってくる。死者たちと長い冬を連れて。かつて五月にそうしたように、手をそっと握らせて。

折りを移動して、私はここにいる。寒さが膝にのぼってきて誰かを憎みたくなる、いや憎まれている。言葉が次々と自壊して、線と点だけが無音で回転している夢を見た。身体中が痒いのでアウトサイドインを繰り返していると骨になった。それを犬が銜えて基地の杭にした。三郎の冬を眠る詩。

娘の誕生日を自分の誕生日と記入し、気づいて訂正した。8と18で間違ったのだ。どうかしている。おかしくなったか、耄碌したか。永遠と一瞬をまちがえ、どちらも実感はないので、それはそれでいい。起きるな、起きるな、日の暮れるまで、という啄木の詩を思い出した。秋の山も。

アダム・アシュリークーパーという名。ワラビーズのベテランだ、イングランド貴族の家系だとある。どこか悲哀を湛えたようなトライの姿が印象に残った。決勝はオールブラックスの絶対的な強さがラグビーの原点を指し示していた。絶対的という言葉の原点でもある。眠くない。

七十年も変わらない。なつかしい人々は消え去り、貨幣だけは衰えることなく、どこまでも幻想を膨らませてきた。タッチ・アンド・ゴーを繰り返す空の機械、うるさいＢＧＭにも慣れ、耳は深海の沈黙を噴き上げる。カヌーは固いコンクリートの上に追われ、倒立し、枯れるマングローブ。

短編を書いてみた。語ろうとしない猫の話だ。辺野古で戦い、東京で戦う。食いちぎられた耳、喉の毛も毟られている。声は大きい。何も語らないが。鋭い眼光を隠す猫眼鏡。語らうことをしない恋猫。あなたはだれかに似ている、と三毛猫が囁く。時代も人間も、おまえたちの虚構じゃないか。

月日に抜き去られるのを止める手だてはないが、葛籠の中に投げ入れた文反古の重なりを披くとき、思わずそこに季節を追う心の弾みや、恋人に去られて嘆いている歌文を見つけて、そこにうずくまり、朝戸が開いたのも知らず、鳥の鳴き声に驚いて、むなしい冊子から顔を上げるのだ。

月暦は長月の終わり。明日から神無月。徒然の神無月の頃という段を思い出す。苔の細道を踏み分けた先に、山里の心細い庵を見出す。初冬の季節と合意した佇まいに感嘆していると、枝もたわわになった柑子の木が囲われているのを見て興ざめしたという話。これ以上なく縮小された美の宿命。

二十歳過ぎの腺病質の男で、金持ち叔父さんの援助で生活している男を演ずるのも体力がいる。質問３の答え、ぼくは君を愛している。モンタナ州の森林火災と格闘する消防士になりたい。どこにプロットを仕組むか。年輪の謎をまずは読み解くのだ。

雨が降ると山が崩れる。海を埋め立てて空に他国の飛行機を乱舞させる。一方を無視して、一方を盛り上げる。崩壊させ、埋め立てる。埋め立て、崩壊させる。人も自然も悲鳴をあげる。死に損ないの政治屋や巫女たちがただ自らの厚化粧を売る。

どんな律動も与えない。閉じられた固いもの。起伏のない、翳りのない様相でそこに立ちはだかるもの。空白の地図。階段に座って眺めた暗い海の広がり。音のない波。死んだ珊瑚。落ちてくる飛行機。声をかけると殴られた。伏せても撃たれた。立ち上がると空ろな国。空ろな人間たち。

その箱を開けてからずいぶん経過したようだ。煙が立ちのぼって景色が見えない。故郷はすっかり破壊された。細い、細い三日月がそれでも雲の合間から光を投げかけている。希望はなくとも始まりは始まり、生きる術から見放された人々を置き去りにして、抱腹や報復の新たな映像が回転する。

収容所の世紀。今も？　繰られている。人間というのは、ほんとうに、と言うとすぐきみは怒るけど。隔離したい、だれにも知られないように殺したいのだ。

あるいは殺すことが許しであるかのごとく。繰られているのだ、きみのもとに。
ぼくはきみではない。さしでがましさ、に対抗する木槿。

小雪の日も過ぎた。茫然と立ちつくす人を後にして日々が過ぎてゆく。今日は二人でワインを飲んだ。日常を綴らないときみは言うが、過ぎてゆくその音、落ちてゆくその滴、吹き飛ばされるその葉、一つ、一つを抱きしめたくなる、その時もある。

きみは今日、とても機嫌がよかったね。久しぶり、久しぶりと歌をうたってぼくの周りを回ったほど。とっておきのパ・ド・ドゥを踊って、みんなを驚かしてもいい。踊りながら、出口へ行くのさ。そしてきみを帰さない。もう、どこにも入り口はない。出ていこう、出ていこう。きみの胎内から。

飛び立った頭を見上げている。頭は遥か暗闇に浮かび、切り離された肢体を探している。贖えない罪と底知れぬ喜び。すべてが混ざりあい、すべてが光速で回転している。だからこそ、その不動の牝牛の尻尾の微細な震えと足に踏まれた町の屋根の広がりに心奪われる。見えない、その他のものに。

病んでいるけれど、すがすがしい人に出会うときは、帽子を軽く上げるだけでいい。彼も帽子を取って挨拶を返してくれる。思いは言葉にならないから、手の代わりに川の流れに耳を浸す。目を閉じて翡翠の背後に近づく。冬空の青に薄い朱が点じられる。立ち去るべき岸辺に葦が揺れている。

花は排除されたのではないが、私の視野には入ってこない。気分が異端者みたいになっているから花もどこかへ流亡したと考えるのか。あるいは単に花どころではないと言えばすむのか。流血と殺戮はひとしく悔悛や浄化の愛と欲望に結びついているのかもしれない。ただ絵を描いていたい。

求めるものたちを包囲して、見るものたちから隠す。そんな場面を何回も見た。権力やシステムは隠す。抵抗するものと、傍観するものをいつまでも分けたいのか。ありふれた対立か。「いいかい、堅固なものが負けるのだ」とブレヒトは老子の教えを、詩の中の少年に言わせるが、果たしてそうなるのか。

（10/2/～11/30/2015）

contents

a interior

豆が花 8
旧盆の辺野古 11
行方不明者 14
沖縄 18
肖像 20
休息 23
夏の旅 26
秘密 29
空と園 32

模様　35

b　exterior

午後　40
徒然草　43
花火　46
鏡　48
鉛筆は悲しけれ　50
愛里のために　53
ある写真家の死　56
薔薇のつぼみ　59
ソウルの空　62
地下鉄の駅で、ツェランを読みながら　66

c dialogue

冬の道　70
倖せな結末　73
光の学習　76
春のともだち　79
蜃気楼　82

d monologue（野戦歌仙）

さらされた場所　86
呼名　97
群島　108
吶喊　119
秋思　130

野《の》の戦《たたか》い、海《うみ》の思《おも》い

著者
水島英己《みずしまひでみ》
発行者
小田久郎
発行所
株式会社思潮社
〒一六二—〇八四二 東京都新宿区市谷砂土原町三—十五
電話〇三（三二六七）八一五三（営業）・八一四一（編集）
FAX〇三（三二六七）八一四二
印刷・製本
三報社印刷株式会社
発行日
二〇一九年十月三十一日